兒童文學叢書

・藝術家系列・

非常印象非常美

莫內和他的水蓮世界

Claude Monet

喻麗清、章 瑛／著

三民書局

國家圖書館出版品預行編目資料

非常印象非常美：莫內和他的水蓮世界／喻麗清,章瑛
著.－－二版二刷.－－臺北市：三民，2011
　　面；　　公分.－－(兒童文學叢書.藝術家系列)

ISBN 978－957－14－2740－9　(精裝)

1.莫內(Monet, Claude, 1840－1926)－傳記－通俗作品

940.9942

© 非常印象非常美
　　——莫內和他的水蓮世界

著 作 人	喻麗清　章瑛
發 行 人	劉振強
著作財產權人	三民書局股份有限公司
發 行 所	三民書局股份有限公司
	地址　臺北市復興北路386號
	電話　(02)25006600
	郵撥帳號　0009998－5
門 市 部	(復北店)臺北市復興北路386號
	(重南店)臺北市重慶南路一段61號
出版日期	初版一刷　1998年1月
	二版一刷　2007年1月
	二版二刷　2011年3月
編　　號	S 853831

行政院新聞局登記證局版臺業字第○二○○號

有著作權‧不准侵害

ISBN　978-957-14-2740-9　(精裝)

http://www.sanmin.com.tw　三民網路書店

閱讀之旅

　　很早就聽說過藝術大師米開蘭基羅、梵谷、莫內、林布蘭、塞尚等人的名字；也欣賞過文學名家狄更斯、馬克‧吐溫、安徒生、珍‧奧斯汀與莎士比亞的作品。

　　可是有關他們的童年故事、成長過程、鮮為人知的家居生活，以及如何走上藝術、文學之路的許許多多有趣故事，卻是在主編了這一系列的童書之後，才有了完整的印象，尤其在每一位作者的用心創造與撰寫中，讀之趣味盈然，好像也分享了藝術豐富的創作生命。

　　為孩子們編書、寫書，一直是我們這一群旅居海外的作者共同的心願，這個心願，終於因為三民書局的劉振強董事長，有意出版一系列全新創作的童書而宿願得償。這也是我們對國內兒童的一點小小奉獻。

　　西洋文學家與藝術家的故事，以往大多為翻譯作品，而且在文字與內容上，忽略了以孩子為主的趣味性，因此難免艱深枯燥；所以我們決定以生動、活潑的童心童趣，用兒童文學的創作方式，以孩子為本位，輕輕鬆鬆的走入畫家與文豪的真實內在，讓小朋友們在閱讀之旅中，充分享受到藝術與文學的廣闊世界，也拓展了孩子們海闊天空的內在領域，進而能培養出自我的欣賞品味與創作能力。

　　這一套書的作者們，都和我一樣對兒童文學情有獨鍾，對文學、藝術更是始終懷有熱誠，我們從計畫、設計、撰寫、到出版，歷時兩年多才完成，在這之中，國內國外電傳、聯絡，就有厚厚一大冊，我們的心願卻只有一個──為孩子們寫下有趣味、又有文學性的好書。

　　當世界越來越多元化、商品化的今天，許多屬於精神層面的內涵，逐漸在消失、退隱。然而，我始終牢記心理學上，人性內在的需求──求安全、溫飽之後更高層面的精神生活。我們是否因為孩子小，就只給與溫飽與安全，而忽略了精神陶冶？文學與美學的豐盈世界，是否因為速食文化的盛行而消減？這是值得做為父母的我們省思的問題，也是決定寫這一系列童書的用心。

1

我想這也是三民書局不惜成本、不以金錢計較而決心出版此一系列童書的本意。在我們握筆創作的過程中，最常牽動我們心思的動力，就是希望孩子們有一個愉快的閱讀之旅，充滿童心童趣的童年，讓他們除了溫飽安全之外，從小就有豐富的精神食糧，與閱讀的經驗。

最令人傲以示人的是，這一套書的作者，全是一時之選，不僅在寫作上經驗豐富，在藝術上也學有專精，所以下筆創作，能深入淺出，饒然有趣，真正是老少皆喜，愛不釋手。譬如喻麗清，在散文與詩作上，素有才女之稱，在文壇上更擁有廣大的讀者群；陳永秀與羅珞珈，除了在兒童文學界皆得過獎外，翻譯、創作不斷，對藝術的研究與喜愛也是數十年如一日用功勤學；章瑛退休後專心研習水墨畫，還時常歐遊四處欣賞名畫；戴天禾有良好的國學素養，對藝術更是博聞廣見；另外兩位主修藝術的嚴喆民與莊惠瑾，除了對藝術學有專精外，對設計更有獨到心得。由這一群對藝術又懂又愛的人來執筆寫藝術大師的故事，不僅小朋友，我這個「老」朋友也讀之百遍從不厭倦。我真正感謝她們不惜時間、心血，投入為孩子寫作的行列，所以當她們對我「撒嬌」：「哇！比博士論文花的時間還多」時，我絕對相信，也更加由衷感謝，不僅為孩子，也為像我一樣喜歡藝術的大孩子們，可以欣賞到如此圖文並茂，又生動有趣的童書欣喜。當然，如果沒有三民書局的支持、用心仔細的編輯，這一套書是無法以如此完美的面貌出現的。

讓我們一起——老老小小共同享受閱讀之樂、文學藝術之美，也與孩子們一起留下美好的閱讀記憶。

作者的話

　　莫內畫的水蓮，大概是世上除了〈蒙娜麗莎〉之外被複製得最多的圖畫之一。其實，用照相機可能會照出比那更好看的水蓮來，但是為什麼那麼多人卻還是喜歡莫內畫的水蓮呢？

　　莫內是印象畫派中最重要的畫家，可是當初他畫的〈日出：印象〉在巴黎展出時卻受盡了冷嘲熱諷，人家把「印象」一詞用來形容畫還沒有畫完，只留下了一點印象而已。不過，莫內一直堅持自己的畫法，終於畫出了自己的天空，也終於把「印象」這個字，由諷刺畫成了稱讚的意思。

　　水蓮是他晚年的最愛，他不但畫得如同水上園藝家一般，後來也真的把他家裡的花園改建成了蓮花的池塘，還在池塘上蓋了一座日本式的木橋——現在已經成了法國有名的旅遊地點。

　　他的水蓮，近看很抽象、什麼也不像，但是遠看真是美麗的水蓮。

　　有沒有花其實並不重要，那水的質感，葉片浮在水上的輕以及光的漂洗之感，你想除了他誰真的特意去體會過？

是的，照相機也可以照樣去照一張同樣的水蓮出來，但是莫內——他是第一個水蓮的知己。經由他的畫，才讓我們也看到了水蓮獨有的美和印象畫有別於一般的美。

那麼多人把他的水蓮掛在牆上，好像可以成立一個愛蓮俱樂部了，他們愛的不只是水蓮，我想，他們更敬愛的是那個畫水蓮的人——莫內。

喻麗清

喻麗清

臺北醫學院畢業後，留學美國。先後在紐約州立大學、加州大學柏克萊分校任職，工作之餘修讀西洋藝術史。現定居舊金山附近。喜歡孩子，喜歡寫作和畫畫。雖然已經出過四十多本書了，詩、小說、散文都有，但她覺得兩個既漂亮又聰明的女兒才是她最大的成就。

作者的話

我不是作家，更不是畫家。我只是一個文學和藝術的痴情愛好者。完全是因麗清的邀請，我才有這次的機會。

有機會寫莫內，我很開心。二十年前，隨外子去巴黎，他去開會，我便藉機大逛畫廊。在橘園的兩間橢圓形畫廊中，環壁圍繞著莫內所繪的大型水蓮，只有大廳中間放了一把椅子，當天是週日，遊人稀少，我靜靜坐在那裡，漸漸沉浸在一種虛幻的境界，似乎自己正在悄然泛舟於靜謐的荷塘之間。二十年時光，泯滅了多少人生的悲歡，但在橘園中美妙絕倫的感受，卻一直凝結在我的心際。從那時開始，我便對莫內及印象派繪畫油然而生了一種特殊的鍾情。

這次為了寫好莫內，先後在芝加哥觀賞了莫內回顧展，在紐約大都會博物館、哈佛佛格博物館、波士頓美術館仔細看了大量莫內的原作。去年有機會去澳洲，聞坎培拉國家藝術館有莫內繪畫收藏，特地從雪梨驅車數小時前往觀賞。

裝了滿腦袋莫內的素材，便回想起兩個女兒少時讀書的情景，想到孩子們對形象藝術的偏愛，便

決意藉莫內的繪畫為主軸來勾勒畫家的生平。於是
首先花大量時間選畫，然後將每幅畫所代表的莫內
生活時期和藝術風格仔細詮釋，由此形成全書。

書稿完成後，又經麗清加以編輯，巧妙的將莫
內的故事按照書局的要求及整套叢書的統一安排串
聯起來，使我由衷的佩服作家的豐富想像力和駕馭
文字的能力，也感受到科學的理性與文學的感性在
思考與寫作中的不同。

付出了大量心血，眼見這本書即將
出版，此時，我想特別感謝簡宛女士的
耐心指教，使我在全書的寫作過程中，學
到了許多意想不到的功課。

章瑛

章 瑛

美國印地安那大學微生物學學士，美國天主教大學微生物學碩士。為
了感受新的人生，提前退休，專心發展荒蕪已久的左腦。現在每日忙於拜
師研習中國水墨畫，誦讀唐詩宋詞，參加讀書會，上博物館培訓班。週末
則在中文學校教孩子畫畫，到唱詩班唱詩，生活過得充實而自在，對周遭
事物充滿感恩之心。

Claude Monet

莫　內
Claude Monet
1840~1926

1. 漫畫的童年

Claude Monet

在法國北邊諾曼地海岸線上，有一個叫海防的小港口，那裡的風景很美。每一塊岸邊的岩石，都長得很不一樣，加上陽光與海水的千變萬化，無論你去多少次也不會看厭。

有一個五歲才從巴黎搬過來的小男孩，他就特別對這裡的海水著迷，一有機會他就會到那兒看船、看海，或者在岩石上爬著玩兒。

有一天吃晚飯的時候，他忽然大聲的說：

「爸、媽，你們知道嗎？石頭也會走路喲！」

「不要胡說。」做爸爸的想：這孩子今天又到海邊去了。

「是真的。前幾天我數過的，那邊有七塊中間有洞的大岩石，可是今天數來數去，就是少掉了一塊。」小男

孩很堅定的說。

「不是叫你風大的時候不可以去海邊嗎？要是給浪花捲走怎麼辦？」媽媽生氣的看著小男孩。

小男孩知道做了不該做的事，趕緊低下頭吃飯。可是才吃了兩口，又忍不住說：

「說不定石頭潛到海底去了呢？」

岩石　**1886 年**（油畫、畫布　65 × 81cm　俄羅斯莫斯科普希金美術館藏）

這是海水與石頭的舞蹈，充滿了動感，活潑而又有深度。

小說家　約 1858 年
（鉛筆、膠彩　32 × 24cm
法國巴黎馬蒙特美術館藏）

　　莫內的滑稽漫畫
　　人物之一。

　　　爸爸不耐煩的說：
　　「野了一下午，還不快
點吃完了做功課去。」
　　　小男孩一聽到做功課就
什麼興致都沒有了。他實在
不愛讀書，也不喜歡到父親
的小雜貨店裡去。在屋子裡
頭，他待不住。
　　　外頭風景那麼好，海邊的浪花和
漁船比文字和數字不知有趣多少。他
老是覺得那一片無止盡的海水，好像
一只萬花筒，而陽光就是筒裡的那些
彩色紙片，每天去都有不同的花樣在
閃亮的水中出現。有時候一朵雲飄過
來，那些彩色的花樣還要更好看呢！
　　　他想，爸媽忙他們的小雜貨店就
已經夠辛苦的了，他還是乖一點不要
讓他們傷心才好。小男孩後來就安靜

聖安德絲海灘　1867 年
（油畫、畫布　75.8 × 102.5cm　美國伊利諾
州芝加哥藝術中心藏）

　　此時的莫內對「海」一往情深，對
「光」還沒那麼強烈、那麼科學化的
「色感」。

鋼琴師　1858 年（鉛筆
32 × 24cm　法國巴黎馬蒙
特美術館藏）

莫內的滑稽漫畫人
物之一。

的在燈下做起功課。不過，他
做的不是老師要的功課，他在
習題本子上，畫了好多好多的
石頭，有的長出了腳，有的會游
水，有的還長著跟老師一樣的
大鬍子。

　　第二天，老師打開他的作業本，
又氣又愛。對這個淘氣而不搞蛋的學
生，他也不怎麼忍心處罰。

5

這個小男孩，他的名字叫做：克勞德‧莫內 —— 就是後來在法國興起的印象派畫派的代表人物；也是畫了很多很多水蓮的，揚名全世界的那個莫內。

說實話，連他自己都不知道他長大了會去畫畫，更不知道自己會畫出個什麼「印象派」來。

小時候的他，最喜歡畫的其實是

聖安德絲花園　1867 年（油畫、畫布　98.1 × 129.9cm　美國紐約大都會博物館藏）

圖中坐在藤椅上看海的「男主角」就是莫內的父親。

漫畫。因為把一個人的特徵，用明快的筆調誇張的描繪下來，讓人見了發笑，他覺得很好玩。

後來他的同學還爭先恐後的要他畫像，有時居然也可以因此而賺到幾個零用錢。後來，他就送了幾幅到當地的藝品店裡去試賣。那時候，他才十五歲。

他父親是個生意人，家裡除了一位蘇菲阿姨之外，好像沒有人對藝術有興趣。蘇菲阿姨自己沒有孩子，很喜歡莫內。她嫁了個富有的丈夫，有個很大的花園別墅就在海邊，後來莫內所畫的聖安德絲花園就是屬於蘇菲阿姨的。

要是沒有這位蘇菲阿姨，莫內的一生絕對要改寫。莫內二十歲時，被抽去當兵，莫內受不了苦，蘇菲阿姨也心疼，就替莫內付了一大筆贖金才把莫內保回家來。莫內一有麻煩，總是先想到她。後來，莫內到巴黎去學畫，甚至女朋友未婚生子，莫內都是去找蘇菲阿姨幫忙。不過，最最重要的還是因為蘇菲阿姨愛好藝術，所以家裡經常有藝術家來來往往。其中有個畫風景很有名的畫家保丁先生，更

是她家的常客。保丁是第一個教莫內畫風景的人。

有一次，保丁先生看到莫內的畫跟他的作品放在藝品店的同一個櫥窗裡展示，他覺得這孩子很有才氣，就跟蘇菲阿姨說：

「莫內這孩子很有畫畫的天分，我以後去戶外寫生也帶他一塊兒去，妳看如何？」

保丁先生非常慈祥，而且酷愛戶外寫生。莫內跟著他，像忽然睜開了眼睛。在此之前，莫內雖然也喜歡風景，也喜歡陽光與色彩，但是他從來沒想到要把那些稍縱即逝的風景上的變化畫下來。

美是留不住的，但是畫下它來，它就跑不掉了。

他開始把畫漫畫的興趣轉移到畫風景上去，並且終其一生，他愛戶外寫生愛得上癮。

保丁　突勒維海灘　1863 年
（油畫、木板　　25.4 × 45.7 cm　　美國紐約大都會博物館藏）

2. 日出與印象

風景，是個很好的模特兒，它一動也不會動。可是，有了那淘氣的陽光，風景上的色彩卻變化多端得常常使莫內有追趕不及的感覺。

有時候莫內為了要搶著抓住某種氣氛，譬如：日出與日落，他就不得不畫得很快。有時候他想：這哪裡是在畫畫，簡直像在跟時間賽跑嘛。因為才調好了顏色，太陽的金馬車又輾過去了，那畫筆上的色調又不對了。因此，後來他就顧不得真實形象上的許多細節了。

他漸漸覺得：光其實就是各種色的反射，而顏色比線條重要，氣氛又比實體重要。

莫內的這種想法，早先浪漫主義的風景畫家就已經注意到了。像盧梭

盧梭　楓丹白露的落日　1850 年
（油畫、畫布　142 × 197.5cm　法國巴黎羅浮宮藏）

柯洛　清晨　1864 年
（油畫、畫布　65 × 89cm　法國巴黎奧塞美術館藏）

畫的〈楓丹白露的落日〉，柯洛畫的〈清晨〉，都有寫實加浪漫的意思在畫裡頭。

真好笑，十九世紀雖然巴黎是世界的藝術中心，不知道有多少藝術大師在這裡。可是，風景畫卻沒有人重視。反而是荷蘭和英國，出了幾個偉大的風景畫家。

風景畫，大致上有歷史風景派、浪漫風景派兩類。由荷蘭畫家、英國

滑鐵盧橋　1900 年
（油畫、畫布　63.5 × 92.7cm）

請與 1903 年的作品比較。

畫家發展下來，到了莫內的手上，他早就懂得了：風景畫，應當不要再僅僅只畫那些美麗景色的表面，而是可以把風景當成音樂那樣來處理。就是要以氣氛為主調，以色彩為和音，像

滑鐵盧橋，多雲的陰天　1903年（油畫、畫布　65.3 × 101cm）

　　有個藝評家說：你覺得莫內的畫是還沒完成的樣子嗎？如果有誰敢說他自己的畫已經完成的話，那個人一定是個傲慢的畫家。

交響樂一樣，才不至於畫出來的跟照相機照的一樣（一八三九年，照相機就發明啦）。

每天畫，每天畫，同一個景點莫內可以不厭其煩的畫上幾十次。

除了對風景畫的執著之外，莫內也蠻有點科學研究的精神。他對外光的研究（所以也有人稱早期的印象派為外光派）充滿了興趣。別的畫家只注意室內光線的明暗，他卻對戶外的光線用冷熱參錯的色度加以表達，這一點他特別的有興趣，也是他的重大突破。他萬萬沒想到，這個突破後來竟變成了抽象畫的開端。

他出門畫畫，愉快是愉快，但並不輕鬆，經常要帶上好幾個畫布畫板出去，他要同時架好，同時畫，因為光線忽明忽暗時，他可以一會兒在亮的那張畫上畫，一會兒又在暗的那裡畫，他像個獵人似的，守著陽光守著畫，忙得不亦樂乎。

最後，他終於想出了一套自己的畫法：乾脆不要先把那些顏色在調色板上調了再畫，直接畫在畫布上不就成了？

像科學上的分光鏡那樣，七彩的

陽光可以合成白色，白色也可分出七彩，眼睛是可以自己去分分合合的。譬如：樹葉是綠和黃，傳統的畫法是把黃綠混合，可是他不混，他先著好

種滿鬱金香的田地　1886 年
（油畫、畫布　美國麻州威廉斯頓克拉克藝術中心藏）

莫內的小筆觸點描，與梵谷的大筆觸厚塗相互對照，不但可看出他們二人的性格的差異，更可看出莫內的靜美與細膩。

日出：印象　　1872 年（油畫、畫布　　48 × 63cm　　法國巴黎馬蒙特美術館藏）

莫內的代表作之一。

綠色再重疊上黃色，分別以單色的互補色用小筆觸、點描、針織式筆法來畫，讓眼睛自己去混合（前印象派，用小筆觸的點描法，到了後印象派，如梵谷，就改用大筆觸的厚塗了）。當然最重要的是，畫家必須有分光分

色的能力。

同時，莫內也捨棄了黑褐兩色，因為他覺得陰影也是有許多顏色的，只不過它們的彩度和明度較弱而已。

這個色彩論，最早提出來的是浪漫派的大畫家：德拉克洛瓦，不過一直等到莫內才把它發揚光大起來。

只要莫內一抓住色感，一棵清晨的白楊樹他七分鐘就可以畫出來了。但是他那七分鐘，卻是他七十個日子都不停止的早出晚歸才換來的。別人第一次看到他畫的〈日出：印象〉，還以為他畫得太倉促、太草率呢。事實上，他研究了十幾年才把

高地伯特夫人畫像　1868 年

（油畫、畫布　217 × 138.5cm　法國巴黎奧塞美術館藏）

　　如果不看簽名，你認得出這是莫內的作品嗎？真正的藝術家是不甘於畫那些大家都畫得出來的作品的。所以畫家可以有千百萬個，但印象派的莫內，全世界卻只有一個。

握到那點日出時的朦朧之美。

提起〈日出〉這張畫，它是莫內被別人批評得最慘的一張，卻也是他成了「印象派」的「黑幫老大」的代表作。就像他由漫畫轉畫風景一樣的偶然，他自己從來不曾在畫上爭過什麼名利。四十八歲時，法國政府頒給他一個榮譽獎，他還拒絕接受呢。他最大的興趣只是到戶外去寫生而已，給別人罵來罵去他才不管，他照樣畫

夏天　1874 年（油畫、畫布　57 × 80cm　德國柏林國立美術館藏）

莫內對人物並不關心，你看畫中女子的衣裙簡直「抽象」掉了。

養鴨池塘　1874 年（油畫、畫布　73.3 × 60.2cm）

水的漣漪、樹影的婆娑，這樣普通的印象，卻在莫內的筆下復活了。

草地上的午餐（習作）　1865 年
（油畫、畫布　130 × 181cm　俄羅斯莫斯科普希金美術館藏）

你看，如果莫內只停留在這個階段，他頂多只是個浪漫寫實派的畫家而已，可是他卻不自滿，一直在畫布上尋找出自己的特色來。

　　他自己想畫的，一直到死都如此。

　　他十八歲時，也是不管父親的反對，帶著蘇菲阿姨的資助與祝福，就到巴黎去學畫了。說固執也好，說任性也好，要不是他這點脾氣，他大概早已被當時巴黎其他的正統畫家給同

18

馬內 草地上的午餐 1863 年
（油畫、畫布 208 × 264cm 法國巴黎奧塞美術館藏）

化了。

那個時候，風景從來沒有人當作第一主題來畫（差不多要到一九二○年時，風景為主的畫在法國才被政府官方的評審委員們接受），尤其是很少人在戶外寫生。正規的畫家，所謂的「學院派」，那個學院就是指法蘭西美術學院，他們一般都是在畫室裡畫畫，畫人物、畫故事、畫言之有物的東西。

不像現在，畫家有什麼經紀人、畫廊之類的，可以協助他們成名或賺錢。那時，所有畫畫的都是把作品送到「沙龍」去，由一個官方特別組成的委員會來評審，入選的作品才能公開展出，也才有機會找到買主。

在巴黎，莫內有幾個志同道合的好朋友，像是馬內、雷諾瓦、畢沙羅（他後來跟塞尚比較要好）、希斯里等人，他們經常一塊兒外出寫生或野餐，有時候還相互以對方為模特兒來

作畫。他們都是專業素養很高的，當然有能力畫官方所認可的那種畫，可是他們更想做的是要在繪畫上有所突破，真的不是在標新立異。像馬內，他畫的〈草地上的午餐〉，現在我們覺得很棒，當時被人罵成下流低級，把他氣得要命。

一八七四年，莫內三十五歲了。他再也不能忍受「沙龍」式的壟斷，這使他生活清苦到時常三餐不繼。於

秋天的河景（油畫、畫布　55 × 65cm　愛爾蘭都柏林國家畫廊藏）

莫內說：「如果我的作品跟任何人的都不像，那就是我作品的價值……我的貢獻。」

19

是，莫內就跟好友們商量，把一群常被官方排斥的畫家聯合起來，自己開個聯合畫展。

〈日出：印象〉是莫內一年前在海防老家畫的，他拿去參展。畫展開是開了，也很熱鬧，可是沒幾個人買畫，簡直失敗得一塌糊塗。尤其〈日出〉這張畫還被畫評家嘲笑，因為上頭有個副題是「印象」，就說那是一張未完成的畫，因為只不過讓人有點兒印象而已，細節都還沒畫嘛。

誰知道，好事不出門，壞事揚千里，這「印象」一語，立即流傳了出去。莫內想：反正他要畫的就是那種日出的氣氛──日出給人的印象，所以懶得反駁。（大概是小時候書沒念好，要反駁也不容易。如果換了蒙德里安，他才不會罷休，蒙德里安最有本事搬出一大套哲學來，把藝評家們說得啞口無言。因為蒙德里安讀書讀得很多很廣，很有學問的。）後來，別人仔細看莫內的畫，近看不怎麼樣，但遠看卻是愈看愈耐看。他反而因此大大的有名了。從此，也打開了畫家們不靠官方的「沙龍」，自己開畫展的風氣。

3. 愛情與麵包

Claude Monet

莫內這個人，畫畫不喜歡按牌理出牌，連結婚也沒按規矩來行事。

他的第一個太太卡蜜兒，本來是他的模特兒，年紀很輕，莫內非常愛她。可是，莫內的父親反對有一個當模特兒的女人做他的兒媳。莫內那時也只有二十四、五歲，事業心重，畫也賣不掉幾張，自己吃飯都成問題，也就不怎麼急著結婚。可是，也許因為他的愛情，使他畫起卡蜜兒來就會畫得特別用心、特別的好，有兩張還入選過「沙龍」獎呢！

不久，卡蜜兒懷孕了。莫內只好把她送到蘇菲阿姨那兒去，等她生產完才又回到巴黎來。這時候的莫內，窮得經常要跟朋友借錢才能生活。卡蜜兒無怨無尤的跟著他，一直到兒子都三歲了，莫內才不顧一切的跟她結

穿綠衣的女子　1866 年（油畫、畫布　231 × 151cm　德國不來梅美術館藏）

圖中的女主角就是卡蜜兒。

了婚。

　　日子雖然過得很清苦，但是莫內的畫卻愈來愈有自己的風格。有一張〈蛙塘〉，畫水畫得波光粼粼，連當時最有名的作家左拉都稱讚不已，說他簡直把水給畫活了。塞尚本來譏笑他：只有一隻眼睛（意思是說他的畫只看見色彩）；後來也改口讚美說：了不起的視覺。

愛情誠可貴，但到底不能當麵包來吃。在莫內三十九歲那一年，卡蜜兒因為肺病加上營養不良，竟拋下了莫內和她的愛兒，與世長辭了。莫內傷心極了，好久好久都不能作畫。

就在這個時候，他的一位做生意的朋友——以前常常買莫內的畫支助莫內的生活——因為生意失敗，丟下了他正懷著身孕的妻子和五個孩子，

蛙塘　1869 年（油畫、畫布　74.5 × 99.7cm　美國紐約大都會博物館藏）

午餐　1868 年
（油畫、畫布　230 ×
150cm　德國法蘭克
福施塔德藝術中心
藏）

自己一個人逃到比利時去了。

　　莫內和那位「別人的太太」愛麗思，此時剛好彼此都需要對方的安慰與關懷，就住在一起。那時候，離婚是個很可怕的名詞，愛麗思跟莫內的同居當然更是引人非議，結果莫內只好帶著她和一大群孩子（六個是愛麗思的，一個是他的）搬到鄉下，遠離巴黎。直到愛麗思的丈夫在比利時去世後，他們才得以正式結婚。

不過，因為有了愛麗思的照顧和孩子們的陪伴，莫內才很快的由卡蜜兒之死帶給他的傷痛中，重新振作起來，又開始畫畫。現在他更加的不理會別人的畫評了，只畫自己要畫的。這時候買他畫的人也漸漸多了起來，

開滿罌粟花的原野　1873 年（油畫、畫布　50 × 65cm　法國巴黎奧塞美術館藏）

　　這張畫和〈午餐〉都是以卡蜜兒和兒子為模特兒的畫，一是比較傳統的，一是印象派的，兩相比較可以看出莫內的突破。

綠色的和諧　**1899 年**（油畫、畫布　89 × 93.5cm　法國巴黎奧塞美術館藏）

愛麗思從前的丈夫本來就買過很多莫內的畫，莫內日子因此愈過愈好，不用再愁錢了。到他五十歲時，他還買下了離巴黎四十多英里郊外的一個古老的農莊。

現在這農莊叫：基佛尼莊園，全世界想看莫內〈水蓮〉原作的人沒有不知道的，可是當時卻是個破破爛爛的、沒有人要的地方。莫內那時已是

一家十口，天天擠來擠去。有一天從火車上，他遠遠看到農莊上一個粉紅色的屋子，他心動不已，決定買下。

果然，在他跟愛麗思細心的經營之下，現在那裡花木扶疏，除了有一個種滿了水蓮的湖之外，還有一座莫內心愛的日本木橋。

日本橋　1899 年
（油畫、畫布　92.7 × 73.7cm　美國紐約大都會博物館藏）

27

4. 水蓮的世界

Claude Monet

　　莫內是六十歲左右才開始畫水蓮的。在此之前，〈日出〉風波之後，他畫得最有代表性的、也最成功的，大概要算〈乾草堆〉。

　　乾草堆，是他跟愛麗思在農場上散步時發現的。莫內看見陽光下的那些草堆，在不同時間、不同季節，各有不同的色調。於是，他畫了一系列的〈乾草堆〉。畫的時候，常常還沒有畫好，農夫就來拿草餵馬了，莫內急得跳腳，要付很多錢給農夫才能留下那些草堆，繼續作畫。有時，他帶去的畫布不夠用，請愛麗思再回家去取。從前又沒有汽車，他老覺得愛麗思回來的不夠快，光線早已變了，他就大發脾氣。這麼幾堆人家根本看不出美在哪裡的爛草堆，他卻像發瘋似

乾草堆　**1886 年**（油畫、畫布　60.5 × 81.5cm）

「他不是畫家，他其實是獵人——同時在五個或六個畫布上獵取不同時間陽光下同一物體的不同效果。」

乾草堆　**1891 年**（油畫、畫布　64.9 × 92.3cm　美國伊利諾州芝加哥藝術中心藏）

　的猛畫。最後完成的，共有十五幅。結果畫展時，出乎意料的，三天內就賣完了。而且，還吸引了美國的畫家們，有些千里迢迢特地到法國來想拜他為師，跟他學習如何「印象」法。

　　莫內天生是個喜歡水的人，海邊的，岩石邊的，船邊的，橋下的，湖與蓮花中的……他小時候就愛，如今他更是一見了水就想畫，他畫了許多

29

乾草堆　1891 年
（油畫、畫布　66 ×
93cm　美國伊利諾
州芝加哥藝術中心藏）

乾草堆　1891 年
（油畫、畫布　65.4
× 92.3cm　美國波士
頓美術館藏）

許多水上的光與影。他不再畫單獨的
個別的畫，要畫就畫一系列的，因為
他覺得一個東西的深度，是由一系列
的印象得來的。可是，他取景的角度
總是與眾不同。當然他也喜歡石頭，
譬如〈盧昂教堂〉系列。

人家畫教堂，大概會畫個整體，
要不然教堂最美的那個高聳入雲的塔
尖部分是絕不肯錯過的；可是，莫內
只畫中間那麼一小部分，因為他只對
那建造教堂的古老石塊上，光與色在
不同時間的變化有興趣。他這個教堂

系列，一畫就畫了二十二幅，從早到晚，從春到冬，各有千秋。不說他的畫本身的貢獻，就是他這作畫的毅力與耐心，也是值得我們尊敬的。

　　不久，他的老友馬內去世了。以

盧昂教堂系列　1894 年（油畫、畫布）

  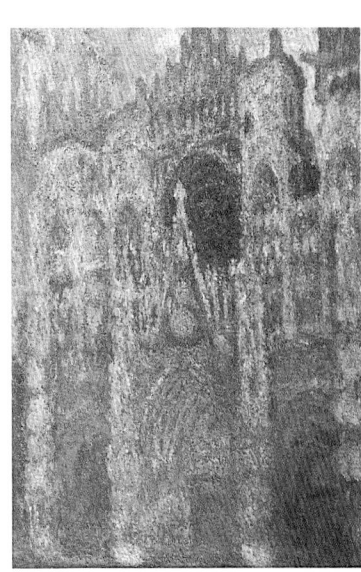

（106 × 74cm　美國波士頓美術館藏）　（91 × 63cm　法國巴黎奧塞美術館藏）　（106 × 73cm　法國巴黎奧塞美術館藏）

（107 × 73cm　法國巴黎奧塞美術館藏）　（100 × 65cm　法國巴黎奧塞美術館藏）　（107 × 73cm　法國巴黎奧塞美術館藏）

31

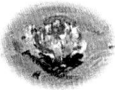

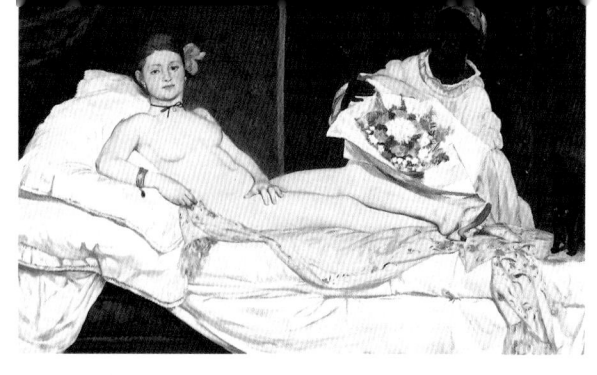

馬內 奧林匹亞 1863 年
（油畫、畫布 130.5 × 190cm
法國巴黎奧塞美術館藏）

水上園藝 1903 年（油畫、畫布 81.5 × 100.5cm 日本東京石橋美術館藏）

前他沒飯吃時，還跟馬內借過錢，如今他重金買下馬內的〈奧林匹亞〉，捐給了國家，以紀念他的亡友。馬內之後，他的親生兒子也死了，再過不久，連愛麗思也先他而去。

莫內最後的十幾年，經常把自己關在家裡，除了他的蓮池，其他都不想畫了。他把那些畫，稱為「水上園

藝」。在他漸漸患上憂鬱症的當兒，他的一個朋友做了大官，向他訂購兩個大型壁畫。這個計畫，使他又有了生氣。

為了這個壁畫，他在基佛尼莊園加蓋新的畫室。新畫室有多大呢？三

水蓮（油畫、畫布）

這是莫內想畫光線透入水底照見水草與汙泥糾結的反照，一再失敗，自稱畫得幾乎發狂。

十九英尺寬，七十五英尺長，高是四十九英尺。莫內不是畫在牆上，而是畫在幾個帆布上，然後再拼起來。所以還要特製巨大的畫布，這些就夠他忙的了。

那麼大的一間畫滿蓮花的水池的房間，你想有多麼的壯觀啊！人一走進去，好像是在船上被四面八方的水和蓮花包圍了。如果沒有那日積月累的功夫，如何下手？

此時，嚴重的白內障，幾乎使他

水蓮

這幅水蓮，已接近抽象。

（油畫、畫布　100×300cm　法國巴黎馬蒙特美術館藏）

失明，但他還是天天要到院子裡去寫生。這時期他的畫上出現了大量的紅色。直到實在看不見了，他才去動了手術，可惜只有一個眼睛稍稍恢復了一點視力，但是，這老頑固，他還繼續在畫，還畫他的水與水蓮，畫這一屋子的水蓮印象。也許就算是真的瞎了，他也不會放下他的畫筆的，因為他一輩子都是跟著光的感覺走，只要他一走到戶外，那溫暖的陽光就會帶給他無比優美的五顏六色（應當說七

36

色吧），哪裡還需要看見才能作畫？他對光色的掌控，已經達到了爐火純青的境地，就是閉著眼睛，相信他也畫得出來。

八十六歲的那一年，莫內終於放下了他那沾滿光澤的畫筆。他倒在蓮池水光十色的印象中，與那些美得幾乎抽象起來的蓮花們，一同進入了永恆。

水蓮，藍與紫的和諧　1918–1924 年
（油畫、畫布）

莫內：「我對這些水和水中的反光著魔，雖然我年事已高，時常力不從心，但我畫了又畫……企望著努力沒有白費。」

莫內 小檔案

1840 年	11 月 14 日，出生於法國巴黎。
1845 年	搬到海防，爸媽開了一家小雜貨店。
1857 年	開始跟保丁學習戶外寫生。
1858 年	不顧父親反對，到巴黎學畫。
1864 年	想娶卡蜜兒為妻，被父母反對，因而與家人決裂，生活費從此無著落。
1866 年	卡蜜兒畫像：〈穿綠衣的女子〉入選了沙龍獎。
1867 年	卡蜜兒為他生下一子。
1870 年	作品又被沙龍拒收，此時兒子已三歲，終於得到家人諒解而與卡蜜兒結了婚。
1874 年	首次印象派畫展。
1879 年	卡蜜兒去世。
1888 年	拒領法國政府所頒發之榮譽獎。
1890 年	買下基佛尼莊園。
1899 年	開始整建基佛尼成為有蓮池的大庭園。
1905 年	愛上水蓮，畫〈水蓮〉系列。
1911 年	愛麗思去世。患憂鬱症，不能作畫。
1914 年	受朋友之託設計超大型水蓮壁畫。
1922 年	幾乎全瞎，開刀後視力稍復，繼續畫水蓮。
1926 年	12 月 5 日，病逝於基佛尼，和他的水蓮一同進入永恆。

Claude Monet

藝術的風華
文字的靈動

2002年兒童及少年讀物類金鼎獎

第四屆人文類小太陽獎

行政院新聞局第十七、十九次推介中小學生優良課外讀物

文建會「好書大家讀」活動1998、2001年推薦

《石頭裡的巨人——米開蘭基羅傳奇》、《愛跳舞的方格子——蒙德里安的新造型》

榮獲1998年「好書大家讀」年度最佳少年兒童讀物獎

《拿著畫筆當鋤頭——農民畫家米勒》、《畫家與芭蕾舞——粉彩大師狄嘉》

榮獲2001年「好書大家讀」年度最佳少年兒童讀物獎

兒童文學叢書

藝術家系列

～ 帶領孩子親近二十位藝術巨匠的心靈點滴 ～

喬 托	達文西	米開蘭基羅	拉斐爾
拉突爾	林布蘭	維梅爾	米 勒
狄 嘉	塞 尚	羅 丹	莫 內
盧 梭	高 更	梵 谷	
孟 克	羅特列克	康丁斯基	
蒙德里安	克 利		

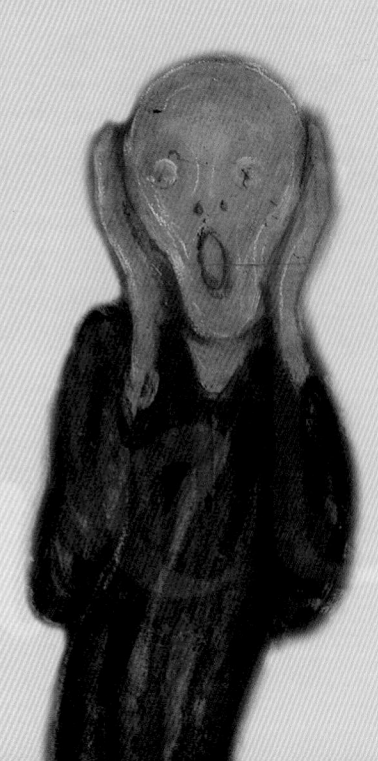

小太陽獎得獎評語

三民書局《兒童文學叢書・藝術家系列》，用說故事的兒童文學手法來介紹十位西洋名畫家，故事撰寫生動，饒富兒趣，筆觸情感流動，插圖及美編用心，整體感覺令人賞心悅目。一系列的書名深具創意，讓孩子們一面在欣賞藝術之美，同時也能領略文字的靈動。

影響世界的人

在沒有主色，沒有英雄的年代
為孩子建立正確的方向
這是最佳的選擇

一套十二本，介紹十二位「影響世界的人」，看：

釋迦牟尼、耶穌、穆罕默德如何影響世界的信仰？

孔子、亞里斯多德、許懷哲如何影響世界的思想？

牛頓、居禮夫人、愛因斯坦如何影響世界的科學發展？

貝爾便利多少人對愛的傳遞？

孟德爾引起多少人對生命的解讀？

馬可波羅激發多少人對世界的探索？